LE RETOUR

DU

PRINTEMS,

PASTORALE.

Le Théâtre repréfente un Païfage agréable, dans le fond un Gazon élevé forme un Autel ruftique fur lequel eft placé une Statuë de Venus.

SCENE PREMIERE.

COLIN.

AIR. *A notre bonheur l'amour préfide.*

QUAND tout repofe dans la nature,
Le tendre Amour agite mon cœur,
De ce ruiffeau l'onde qui murmure
Entretient ma fecrette langueur ;

A 2

Le calme qui régne en la prairie,
A ma rêverie
Donne un libre accès,
Ce gazon, ces bois, cette fougére,
Tout de ma Bergére
Me peint les attraits.

Même Air.

Déja le Roffignol qui s'éveille
Aux échos fait redire fes feux,
Dans nos prés la diligente Abeille
Va cueillir fon butin précieux :
De fes pleurs mouillant les dons de Flore
La brillante aurore
Raméne le jour ;
Et de fa clarté vive & féconde
Le flambeau du monde
Orne ce féjour.

AIR. *L'amour m'a fait la peinture.*

Le Soleil qui dans la plaine
Répand fes traits lumineux,
A mon fouvenir raméne
Les rigueurs que l'inhumaine
Oppofe à mes tendres feux.

SCENE II.

COLIN, PHILENE.

PHILENE *qu'on ne voit point.*

A I R. *Toujours nous aimer.*

Toujours nous aimer, landerirette,
Jamais ne changer, landeriré.

COLIN.

A I R. *Quitte ta Musette.*

J'entends de Philéne
Les accens joyeux.
L'amour auprès de sa Climéne
L'améne à nos jeux.

PHILENE.

A I R. *Toûjours nous aimer.*

Tant que les presens de Flore
Enrichiront nos coteaux,
Tant qu'au lever de l'aurore
On entendra les oiseaux,
Toujours nous aimer, landerirette,
Jamais ne changer, landeriré.

A I R. *J'aime une jeune Brunette.*

Je raporte à ma Bergere
Un cœur sincére & constant,
Si je la trouvois legere,

A 3

Ah ! je mourrois à l'inftant :
Quand je quittai ce bocage,
Elle me promit fa foi.

C O L I N.

Non, elle n'eft point volage,
Climéne n'aime que toi.

P H I L E N E.

A I R *des Triolets.*

S'il ne falloit que bien aimer,
Je ferois affuré de plaire,
Quels rivaux pourroient m'allarmer
S'il ne falloit que bien aimer :
Mais nos Belles pour s'enflammer
Ne font pas choix du plus fincére,
S'il ne falloit que bien aimer,
Je ferois affuré de plaire.

C O L I N.

A I R. *Nous fommes Précepteurs d'Amour.*

La conftance régne en nos champs,
On n'y voit point changer nos Belles ;
Il eft des cœurs indifférens,
Mais il n'en eft point d'infidelles.

A I R. *Penfe-t'elle n'être belle.*

Ton ardeur eft fatisfaite,
Climéne aprouve tes feux ;
Moi pour attendrir Rofette,

Je perds mes foins & mes vœux:
    Penfe-t'elle
    N'être belle
Que pour elle feulement;
    Penfe-t'elle
    N'être belle
Que pour faire mon tourment.

PHILENE.

AIR *du Vaudeville d'Epicure.*

Le Printems raméne la Fête
De l'aimable mere d'Amour,
Des Bergers la Troupe s'aprête
Pour en célébrer le retour :
Ceux qu'Amour a rendu fenfibles,
Redoublent leur flamme en ce jour;
Et les cœurs les plus inflexibles,
Eprouvent fes traits à leur tour.

COLIN.

AIR. *Ne v'la-t'il pas que j'aime.*

J'accepte le fouhait flatteur
    Que tu me viens de faire.

PHILENE.

Puiffe Rofette en ta faveur
    Devenir moins contraire.

SCENE III.

COLIN.

A I R. Vien m'aider, ô Dieu d'Amours.

CHange , Amour, cette fierté,
Peut-on être fi rebelle,
    Si cruelle ,
Quand on a tant de beauté.

Rofette a plus de fraîcheur
Que la fleur qui vient d'éclore ;
Le lys a de la blancheur,
Rofette en a plus encore ;
Change Amour, &c.

Vous voyez fes blonds cheveux
Sur fes épaules defcendre ,
Ce font filets amoureux
Où tous les cœurs vont fe tendre :
Change , Amour, &c.

Embrafe-la de tes feux ,
Eclaire-la dè ta flâme ;
Le Printems eft dans fes yeux ;
Et l'hyver eft dans fon ame :
Change , Amour, cette fierté ,
Peut-on être fi rebelle,
    Si cruelle ,
Quand on a tant de beauté.

SCENE IV.
COLIN, CLIMENE.
COLIN.

AIR. *Pour la Baronne.*

JE vais aprendre
Quel fort on deftine à mes feux.
Climéne vient, (*à Climéne.*) puis-je prétendre
Qne Rofette un jour à mes vœux
　　Daigne fe rendre.

　　AIR. *Fille qui voyage en France.*

Dois-je par mon feu fincére
Me flatter de l'attendrir ?
CLIMENE.
Le Berger qui perfévére,
Voit couronner fon defir ?
COLIN.
　De ma conftance
Enfin je vais obtenir
　La récompenfe.

CLIMENE.

AIR. *Et j'y pris bien du plaifir.*

Quand de l'ardeur qui te preffe
Tu lui peins les fentimens,

Exiger que ta Maîtreſſe
Se rende aux premiers inſtans,
Qu'une facile tendreſſe
Faſte taire ſa fierté,
C'eſt montrer trop de foibleſſe,
Ou trop de témérité.

COLIN.

AIR. *Nous jouiſſons dans nos Hameaux.*

Déja brillent dans nos vergers
    Les nouveaux dons de Flore,
On voit ſous les pas des Bergers
    La violette éclore ;
Mais ſi mes ſoins ne touchent pas
    La beauté que j'adore,
Pour moi le doux Printems, hélas !
    Ne renaît point encore.

    AIR. *Ce ruiſſeau qui dans la Plaine.*

L'autre jour une Fauvette
Se prit à mon trébuchet,
Pour la donner à Roſette
Je l'aprivoiſe en ſecret.

Cet oiſeau ſur ma muſette
Eſt exercé chaque jour,
Et les chanſons qu'il répéte
Sont toutes chanſons d'amour.

Sera-t'elle indifférente
Au feu qui ſçait m'enflammer ;

On doit devenir Amante,
Quand on fe voit tant aimer. } *Bis.*

AIR. *Ah, fi tu connoiffois Monfieur de Catinat.*

Mais peut-être un Rival s'opofe à mon bonheur ;
Climene, elle te dit les fecrets de fon cœur.

CLIMENE.

Non, ne le craignez pas, de ce cœur enfantin
Aucun Amant encor n'a trouvé le chemin.

AIR. *Au bord d'un clair ruiffeau.*

Rofette eft fans defir,
C'eft un bouton de rofe
Que la nature arrofe
Et difpofe à s'ouvrir :
Dans fon cœur fans détour
Il n'eft pas jour encore,
Il attend pour éclore
Le rayon de l'amour.

COLIN.

AIR. *Je n'entends plus deffous l'Ormeau.*

Belle Climéne, tes difcours
Ont redoublé ma flâme,
Oui, je fens qu'un effain d'amours
S'empare de mon ame.
Que la primeur
De cette fleur
Pour Colin feroit charmante,

Combien m'enchante
Un efpoir fi flatteur.

AIR. *Du Tambourin de Jephté.*

Je vais tout tenter
Pour furmonter
Sa réfiftance.
Climéne aprens-moi
Le moyen d'obtenir fa foi.

CLIMENE.

Feins que fa rigueur
Bannit de ton cœur
L'efpérance,
Que pour être heureux
Tu vas porter ailleurs tes vœux.

COLIN.

AIR. *Prends ma Philis , prends ton verre.*

Ce feroit trop me contraindre,
J'outragerois fes apas.
Et mon cœur ne fçauroit feindre,
Une ardeur qu'il ne fent pas.

CLIMENE.

Quand l'Amour dicte une rufe,
L'amour lui-même l'excufe
Et l'on fe rend
Aifément.

COLIN.

Non , mon cœur ne fçauroit feindre

Une ardeur qu'il ne fent pas.
Ce feroit trop me contraindre
J'outragerois fes apas.

CLIMENE.

Air. *Des Fleurettes.*

Du côté de la plaine
Nous la voyons venir.

COLIN.

En ma faveur, Climéne,
Tu peux la prévenir.

CLIMENE.

Pour déterminer Rofette
La rufe doit te fervir,
Si tu ne peux l'attendrir
Par la fleurette.

SCENE V.

ROSETTE, CLIMENE.

ROSETTE.

Air. *Dans nos Hameaux la paix & l'innocence.*

LEs dons nouveaux des larmes de l'aurore
Ouvrent leur fein au foufle des zéphirs;
Cette moiffon femble pour nous éclore,
Cueillons des fleurs, amufons nos loifirs.
Dans nos bofquets, féjour de l'innocence,
Perfide Amour, ne lance point tes feux ;

Sur d'autres cœurs exerce ta puiſſance
Ne trouble pas le repos de ces lieux.

CLIMENE.

AIR. *L'amour me fait lon lan la.*

Qu'attendez-vous encore
Aimez à votre tour ,
Un Berger vous adore
Beau , jeune & fait au tour ,
Rendez-vous donc, lon lan la
Rendez-vous à l'amour.

ROSETTE.

AIR. *Toutes les Meres.*

Point d'eſclavage,
Fou qui s'engage,
J'ai pour partagé
Choiſi le plaiſir.
Non, la tendreſſe
N'eſt que foibleſſe ;
L'Amour ſans ceſſe
Ne fait que gémir.
Et les Amans
Sont pétris de triſteſſe,
Et les Amans
Jamais ne font contens.

CLIMENE.

SUITE DE L'AIR. *On caſſe un lacet.*

Ton cœur triomphant

En vain ſe défend,
Au moindre ruiſſeau
Tu te mires dans l'eau.
Je vois ton corſet
Orné d'un bouquet,
L'amour nous inſpire
Tous ces petits ſoins.
De nos beſoins
Le cœur ſçait nous iuſtruire;
On ſent par-là
Qu'on eſt faite pour ça.

ROSETTE.

AIR. *Le langage des ſoupirs.*

Sur les aîles de l'amour
Eſt porté l'Amant volage,
Quand il vient faire ſa cour :
L'inſtant qui ſuit le dégage,
Ses fleurettes, ſon hommage
Ne durent pas plus d'un jour :
Près d'une beauté nouvelle
On voit voler l'infidelle
Sur les aîles de l'amour.

AIR. *Que deviendroit le monde.*

Non, l'amour n'eſt qu'une folie,
Et tous les Amans ſont trompeurs,
De volupté l'ame eſt remplie,
Mais le ſerpent eſt ſous les fleurs :

En vain fur la terre & fur l'onde
Vous chercheriez d'heureux époux.

CLIMENE.

Si toutes difoient comme vous,
   Que deviendroit le monde.

AIR. *A table je fuis Grégoire.*

On peut un tems fe défendre,
C'eft le droit de la beauté ;
Mais il faut enfin fe rendre,
Banniffez cette fierté :
Trop de contrainte nous glace,
Nous aimons la nouveauté,
Et le plus conftant fe lafle
D'être toujours rebuté.

ROSETTE.

AIR. *La Rofe & l'bouton.*

Le Papillon leger
   Prompt à changer
De leurs defirs eft un image,
   Au jafmin, à l'œillet,
     Puis au muguet
   Il porte fon hommage :
Et le petit vagabond
   Vifité, à fa façon
   Toujours coquette,
  La Rofe & l'bouton
    D'amourette,
  La Rofe & l'bouton.

CLIMENE.

CLIMENE.

A I R. *Vous qui vous moquez par vos ris,*

En vain la févére raifon
    A nos defirs s'opofe,
L'amour eft un petit fripon
    Qui de nos cœurs difpofe,
Je vois venir le papillon,
    Prenez garde à la rofe.

SCENE VI.

COLIN, ROSETTE.

COLIN.

A I R. *Ma Compagne la plus chérie.*

SErez-vous toujours févére
  Pour un Amant malheureux,
De la Reine de Cythere
On va célébrer les jeux :
    Tout vous engage
    Dans ce féjour,
Ecoutez du tendre amour
    Le langage.

ROSETTE.

A I R. *Ne m'entendez vous pas.*

A la fimple amitié
Je borne ma tendreffe,

Un ami m'intéreſſe,
Et mon cœur eſt lié
Par la ſimple amitié.

C O L I N.

Aɪʀ. *Quand vous entendrez le doux zéphir.*

Ah ! ſi tu pouvois connoître un jour
Les agrémens d'un tendre eſclavage,
Bien tôt ce cœur ſenſible à ſon tour
    Changeroit de langage.
Deux ames ont les mêmes deſirs,
La même yvreſſe confond leurs ſoupirs,
    Sort plein de charmes,
    Tout juſqu'aux larmes
    Se change en plaiſirs.

R O S E T T E.

Non, non, je ne veux point faire un choix,
L'amour cauſe une peine cruelle :
N'eſt ce pas lui qui fait dans nos bois
    Gémir la tourterelle.

C O L I N.

Aɪʀ. *Dans un détour.*

    Non, cet enfant
Le plus aimable de nos Dieux,
    N'eſt pas ſi méchant,
Je vais le peindre à tes yeux
    Mieux.

Aɪʀ. *Si des plaiſirs de la Ville.*

Le cœur prend un nouvel être

Si-tôt qu'il peut s'enflammer,
Et nous achevons de naître
Quand nous commençons d'aimer.

Quand l'hyver de leur verdure
A dépouillé nos côteaux,
Tout languit dans la nature,
On n'entend plus les oiseaux.

Mais une face nouvelle
Aux aproches du printems,
Rend la campagne plus belle,
Mille fleurs ornent nos champs.

Ainsi l'amour est l'aurore
D'un jour fait pour les plaisirs,
Et c'est ne point vivre encore   } Bis.
Que de vivre sans desirs.

Le cœur prend un nouvel être
Si-tôt qu'il peut s'enflammer,
Et nous achevons de naître
Quand nous commençons d'aimer.

ROSETTE.

Air. *Sans le plaisir d'aimer.* Vaud. de la fête d'amour.

L'amour a des appas flatteurs,
 Mais ils sont séducteurs,
Tout est dangereux à sa cour,
 Qui la fuit, est plus sage.
COLIN.
Rosette, sans l'amour

Il n'eſt point de bel âge.

AIR. Ah ! mon mal ne vient que d'aimer.

Vos attraits peuvent tout charmer,
Eh ! pourquoi refuſer d'aimer,
Pour connoître les jours heureux
    Dont l'amour nous aſſure,
Il ſuffit de jetter les yeux
    Sur toute la nature.

AIR. *L'Amant frivole & volage.*

Le vent qui par ſon haleine
Agite nos arbriſſeaux,
Aux fleurs qui bordent la plaine
Ravit cent baiſers nouveaux :
La fraîcheur que l'on reſpire
Eſt le ſouffle gracieux,
D'une Nymphe qui ſoupire
Au ſein d'un Amant heureux.

Même Air.

Chaque fleur qu'on voit éclore
Doit ſa naiſſance à l'amour,
Venus, ſous le nom de Flore,
Les fait croître chaque jour :
De ce Papillon volage
L'amour prend le corps leger,
Pour flatter de ſon hommage
Les roſes de ce verger.

Même Air.

Ce ruisseau dont l'onde pure
Baigne un fertile coteau,
De la riante verdure
Le voluptueux tableau :
Sont un piége dont l'adresse
Doit nous surprendre en ce jour,
Si la nature le dresse
C'est en faveur de l'amour.

R O S E T T E.

Air. *Babet que t'es gentille.*

D'un piége aussi flatteur
Je sçaurai me défendre,
Je fuirai le malheur
De devenir trop tendre :
    Contre ce poison
    La sage raison
Rend ma force complette.

C O L I N.

Ah ! suivez de plus douces loix,
L'amour vous parle par ma voix,
Mes soupirs vous ont dit cent fois,
    Mon cœur est à Rosette,
    Mon cœur est à Rosette.

R O S E T T E.

Air. *Oui da, oui da, qui s'y fieroit*

A vos discours qui se fieroit,

B 3

Tôt ou tard se repentiroit.

A i r. *A sa Voisine.*

L'amour qu'attise le soupir
    Est un feu qui dévore,
La flamme de l'ardent desir
    Le rend plus vif encore,
Mais au seul souffle du plaisir
    Il s'évapore.

A i r. *Tout roule aujourd'hui dans le monde.*

Les Bergers de notre Village
Par leurs chansons m'ont mis au fait,
Ils disent que le mariage
D'une grande isle est le portrait :
Les Etrangers d'un cœur sincére
Pour aborder font leurs efforts,
Et les habitans au contraire
Voudroient tous en être dehors.

━━━━━━━━━━━━━━━━

SCENE VII.

COLIN, ROSETTE, CLIMENE.

C O L I N.

A i r. *Eh non, non, non.*

C'En est fait, je romps ma chaîne,
   Et mes liens sont brisés.
Je vais offrir à Climéne
Un cœur que vous refusez.

Si le mot d'Amant vous outrage,
D'un ami je prendrai le ton.

ROSETTE.

Eh non, non, non.
Je n'en veux pas davantage.

COLIN.

Air. *La simple amitié* : ou *Vien dans ma cellule.*
Puisqu'auprès de vous
L'amitié doit suffire,
Un titre si doux!,
Rosette, est le seul où j'aspire,
Mon cœur amoureux
Pour Climéne soupire,
Par de nouveaux feux
Je me dégage de vos nœuds.
Chez vous ami
Sage & poli,
Près d'elle Amant
Vif & constant,
Voilà mon partage ;
Je vais en ce jour
Séparer amitié d'amour.
Ce qu'en aimant
Sent un Amant,
Ardens soupirs,
Tendres desirs,
Je vous les engage, (*à Climéne.*)
Et garde pour vous   (*à Rosette.*)
D'un ami les soins les plus doux.

B 4

CLIMENE.

AIR. *J'ai pris l'un pour l'autre.*

Non, de votre humeur coquette
On est trop bien éclairci.
Pour moi vous quittez Rosette,
Vous me quitteriez aussi.
    Quelle humeur est la votre :
Vous n'aimez que pour un moment,
Et votre cœur indifférent
    Va de l'une à l'autre.

COLIN.

AIR. *Votre cœur, aimable Aurore.*

Sans la loi d'une cruelle
Qui me force à la trahir,
J'aurois conservé pour elle
Ce feu qui fait mon plaisir,
Et j'aurois été fidèle
Jusqu'à mon dernier soupir.

AIR. *Nous sommes Précepteurs d'amour.*

Je m'en détache sans retour.

CLIMENE.

Doit-on compter sur un cœur tendre,
Quand le dépit l'ôte à l'amour,
L'Amour sçait bien-tôt le reprendre.

ROSETTE.

Air. *Bannissons d'ici l'humeur noire.*

Le dépit que l'amour fait naître,
Cette querelle, ces débats,
Les Amans peuvent les connoître,
L'amitié ne les connoit pas.

CLIMENE.

Air. *De nécessité nécessitante.*

Si Colin veut m'aimer sans partage,
A jamais avec lui je m'engage.

COLIN.

Oui, toujours je t'aimerai, Climene.

ROSETTE.

Ainsi vous abandonnez Philene.

CLIMENE.

Air. *Le changement réveille.*

Ce Berger me prie instamment
De mettre fin à son tourment,
C'est bien fait d'y prêter l'oreille:
Si je choisis un autre Amant,
Philene peut en faire autant,
Le changement réveille.
(*Colin & Climene sortant.*)
Le changement réveille.

SCENE VIII.

ROSETTE.

'AIR. *Quel voile importune nous touche.*

L E perfide m'abandonne
  Pour d'autres appas,
Non, tu ne m'aimois pas.
Quoi ! ma réserve t'étonne,
De mon tendre feu
Tu voulois un aveu.

Doit-on convenir que l'on aime,
Secourez un cœur trop discret,
Je n'ose le dire moi-même,
Echo répétez mon secret.

Quoi ! ma réserve t'étonne,
  De mon tendre feu
Tu voulois un aveu.
Le perfide m'abandonne
  Pour d'autres appas,
Non, tu ne m'aimois pas.

'AIR. *Oui, je l'aime pour jamais.* Ninette à la Cour.

Non, tu ne m'aimas jamais,
Quelle injure tu me fais,
C'est trop aimer un volage,
Un Amant qui se dégage
Ne connoissoit pas l'amour.
  Son ardeur legere,

Flamme passagere,
Brille & s'éteint en un jour,
Tu n'as point connu l'amour,
Ceux que son pouvoir entraîne
Ne forment plus d'autres vœux,
Quand ce Dieu serre une chaîne,
Rien n'en défunit les nœuds.

SCENE IX.

ROSETTE, PHILENE.

PHILENE dans le fond.

A i r: *N'oubliez pas votre houlette.*

QUoi je vous trouve ici seulette,
Rosette.

ROSETTE.

Berger trop malheureux,
Climene nous trahit tous deux.

PHILENE *s'avance.*

Quel sujet ici vous arrête,
Tout le Village pour la fête
S'aprête,
Prenez part à nos jeux.

A i r. *Printems dans nos bocages.*

Du printems la nature
Annonce le retour,
La naissante verdure

Embellit ce féjour.
Et le Dieu du jour
Par le beau tems qu'il nous procure
Fait ainfi fa cour
'A la faifon du Dieu d'amour.
Du printems la nature
Annonce le retour,
La naiffante verdure
Embellit ce féjour.

A I R. *J'ai perdu tout mon bonheur.*

Mais je voi couler vos pleurs,
Qui peut caufer vos douleurs.

R O S E T T E.

Colin me délaiffe.
Hélas, je n'ai plus d'amant,
Colin n'eft qu'un inconftant,
J'en mourrai de trifteffe.
Hélas, je n'ai plus d'amant, &c.

P H I L E N E.

A I R. *Bouchez, nayades, vos fontaines.*

Quelle eft la Bergére nouvelle. . . .

R O S E T T E.

Climene le rend infidelle.

P H I L E N E.

Climéne, Dieux, quel defefpoir.
Plein d'amour je reviens près d'elle,
Aurois-je pû jamais prévoir
Une difgrace auffi cruelle.

Air. *J'ai passé deux jours sans vous voir.*

Sans crainte je l'entretenois
     De mon ardeur parfaite,
Elle accompagnoit de sa voix
     Les sons de ma musette,
Elle m'a juré mille fois
De ne point faire d'autre choix.

Air. *Quelque route que je prenne.* Opera d'Ismene.

Tout à nos ames rapelle
De si précieux momens,
Cette eau dans son cours fidelle
Fut témoin de nos sermens.
Enchantez de notre chaîne,
Les échos de cette plaine
Répondoient à nos soupirs :
Les oiseaux de ce bocage
Sembloient par leur doux ramage
Applaudir à nos plaisirs.

Mineur du même Air.

Par tout dans ce lieu champêtre
Nous les trouvons retracés,
Sur l'écorce de ce hêtre,
Nos noms sont entrelassés.
Le matin dans la prairie,
Vers cette épine fleurie
Je me rendois pour la voir :
A la fraîcheur de l'ombrage
Que nous prêtoit ce feuillage,
  Nous nous reposions le soir.

SCENE X.

COLIN, PHILENE, ROSETTE, CLIMENE.

PHILENE. Air. *De la Ceinture.*

JE vais me montrer à l'inftant
A la Bergere que j'adore.

ROSETTE.

Les voici, cet air triomphant
A ma douleur infulte encore.

COLIN.

Air. *L'équipage le plus en ufage.*

La Bergére
Qui fait la fevére,
A fe dégager
Invite fon Berger.
Mais Climéne
Eft moins inhumaine,
Un cœur rebuté
Suffit à fa fierté.
D'un objet vainqueur
L'éclat nous attire,
Notre cœur
Céde à fon doux empire,
Il fe nourrit
D'un efpoir flatteur
Qui le féduit.

Mais d'un Amant
Tendre & conftant,
Trop de rigueur
Eteint l'ardeur.
La Bergere
Qui fait la fevére , &c.

PHILENE.

Air. *Votre toutou vous flatte.*

Vous rejettez un zèle
Auffi pur que le mien ,
A mon ardeur fidèle
Vous ne répondez rien.
Cruelle ,
Vous aimez un autre Berger ,
Et votre cœur, *bis*, a pu changer.

Air. *Dans ma cabane obfcure.*

J'orne votre houlette
Des plus nouvelles fleurs ,
Chaque jour ma mufette
Répéte mes ardeurs :
Je forme pour vous plaire
Toujours de nouveaux chants,
Et votre pannetiére
Eft un de mes prefens.

COLIN.

Air. *Le Savetier matineux.*

Du plus tendre des Amans

Couronnez le feu sincére.

C L I M E N E.

En croirai-je tes sermens.

C O L I N.

Croyez-en vos yeux, Bergére.

C L I M E N E.

A I R. *De tous les Capucins du monde.*

Nous goûtons un plaisir extrême,
C'est l'amour qui nous joint lui-même,
Consentez à notre bonheur.

R O S E T T E.

Le dépit m'ôte la parole.

C O L I N.

Vous paroissez dans la douleur,
Souffrez qu'un ami vous console.

R O S E T T E.

A I R. *Quel plaisir de voir Claudine.*

Colin, à votre Bergére
Portez vos empressemens.

C O L I N.

Cette aigreur, cette colere
Dévoile vos sentimens.

A I R. *Tant de valeur & tant de charmes.*

L'amour est sûr de sa victoire,
C'est en vain qu'on défend son cœur,
Plus on résiste à ce vainqueur,
Et plus il remporte de gloire.

A I R.

Air. *Amour pour Amour.*
A mes feux par un doux retour
Répondez, aimable Rosette;
A ma flâme parfaite
Accordez amour,
Accordez amour pour amour.

ROSETTE.

Air. *La mort de mon cher Pere.*
Oui, cher Colin, mon ame
S'explique en ce moment.

COLIN.

Vous aprouviez ma flâme,
Et causiez mon tourment.

ROSETTE.

Tu devois bien t'attendre
A me fixer un jour,
Une amitié si tendre
Est un pas vers l'amour.

CLIMENE.

Air. *J'aime une ingrate beauté.*
Contre un cœur indifférent
Nous usions de cette feinte,
Le mien fidèle & constant
Se donne à toi sans contrainte,
Veux-tu joindre nos feux
Après ce stratagême.

PHILENE.

Je me tiens trop heureux
De te trouver la même.

C

COLIN, ROSETTE.

AIR. *Les doux plaisirs habitent ce bocage.*

Aimons, aimons, l'amour nous y convie,
Suivons la voix de nos tendres desirs.
Ce Dieu flatteur par les plus doux plaisirs
Nous fait goûter le charme de la vie,
Lui-même il est le prix de nos soupirs.

DIVERTISSEMENT,
Coupé par des Danses.

AIR.

AQuilons, quittez ces bocages,
Revenez, zéphirs, dans nos champs;
Caressez nos jeunes feuillages,
Voici le retour du Printems.

Papillons, sortez des retraites
Qui vous retiennent languissans:
Venez aux fleurs conter fleurettes,
Voici le retour du Printems.

Ramenez, Flore, vos compagnes,
Formez ici vos jeux charmans:
Tout est riant dans nos campagnes,
Voici le retour du Printems.

Renais, agréable verdure,
Pour servir de trône aux Amans:
Beau myrthe, reprens ta parure,
Voici le retour du Printems.

Habitans de ces doux ombrages
Qui vous taisez depuis long-tems :
Ranimez vos tendres ramages,
Voici le retour du Printems.

Bergers, par des danses legeres
Unissez-vous à nos accens :
Cueillez des fleurs pour vos Bergeres,
Voici le retour du Printems.

CLIMENE.

AIR. *Que les soupirs, le tribut du bel âge.*
Prologue du triomphe des sens.

Si nos beaux jours
Sont purs & sans nuage,
C'est l'ouvrage
Des amours.
D'un souris Venus fait éclore
Les dons charmans
Que dans nos champs
Raméne le Printems,
Et l'aurore
De ses pleurs
Quand elle arrose les fleurs,
Paye un tribut au Dieu des cœurs.

ROSETTE.

A I R.

Dans l'humide sein de l'onde
Quand Venus reçut le jour,
Tout s'empressa dans le monde
D'orner sa brillante cour.

Pour lui rendre son hommage
La terre sema des fleurs,
Et parfuma le rivage
De leurs plus douces odeurs.

Aux pieds de cette immortelle
On vit naître les plaisirs,
Pour voltiger autour d'elle
Accoururent les zéphirs.

Les Oiseaux à cette Belle
Offrirent leurs chants divers
Des Echos la voix fidèle
Répéta tous leurs Concerts.

L'Amour au gré de ses aîles
Se balança dans les airs ;
Et vint presenter aux belles
L'Empire de l'Univers.

Vû le Certificat, permis d'imprimer & distribuer.
A Roüen ce 6 Juin 1755. VARNIER.

Regiftré ledit jour fur le Livre de la Communauté,
N°. 260.

www.ingramcontent.com/pod-product-compliance
Ingram Content Group UK Ltd.
Pitfield, Milton Keynes, MK11 3LW, UK
UKHW020128080726
13614UKWH00005B/2104